पलाश के फूल

रेखा जैन

पलाश के फूल

रेखा जैन

Published By

Anybook

Cell : 9971698930

E-mail : contactanybook@gmail.com

Website : www.anybook.org

Price in India : 175/- INR

First published by Anybook in 2021

Copyright © 2021 Anybook

Copyright Text © 2021 Rekha Jain

Printed and bound in India

Cover Design & Typesetting by Anybook

ISBN : 978-93-86619-84-6

पाठको को समर्पित

भूमिका

मेरी काव्य यात्रा ई. 1970 से शुरू हुई थी मन्थर गति से अनवरत चल रही है। जिन्दगी की उलझनों में जीवन इस तरह उलझता रहा है कि मैं चाहकर भी वर्षों तक अपना कवितासंग्रह प्रकाशित करवा नहीं सकी। जिन्हें मैं अपना शुभचिंतक समझती थी उन्होंने मुझे हमेशा यही सलाह दी कि कविता लिखना छोड़ दो लेकिन कोई भी नहीं समझ पाया कि लिखना मेरे जीवन का अनिवार्य हिस्सा है, शब्द मेरी ताकत है।

मेरी प्रथम पुत्री कुसुम मन्दबुद्धि व अपाहिज थी अतः मेरा अधिकांश समय उसकी परवरिश में बीत जाता था पर हर पल मेरी सांसों के साथ-साथ एक स्वप्न पलता रहा कि मुझे कुछ लिखना है आज मैं अपना दूसरा काव्यसंग्रह प्रकाशित होते देख अपार हर्ष का अनुभव कर रही हूँ।

मैं महादेवी वर्मा और अज्ञेयजी की कविताओं से बहुत प्रभावित हूँ मैं उनका अंश मात्र भी नहीं हूँ पर वे हमेशा मेरे प्रेरक रहें हैं।

मेरे पूज्य पिताजी श्री समीरमलजी जैन और स्वर्गवासी मम्मीजी ने मुझे अपार स्नेह दिया उनका आशीर्वाद हमेशा रक्षाकवच बनकर मेरे साथ-साथ है।

मैं अपने पति श्री इन्दरचन्दजी जैन स्नेहिल बेटियां एकता व स्नेह की आभारी हूँ जिनके सहयोग के बिना इस पुस्तक का प्रकाशन संभव नहीं था।

लेखिका : श्रीमती रेखा जैन

कविता मेरे लिये ख़ुशी है
पूजा है
अर्चना है
शब्द मुझ तक आता है तो मुझे
संस्कारित करता है।
मेरे लिये कविता मात्र
शब्दों का तमाशा नहीं
बल्कि जीवन का सम्बल है।

रेखा जैन
आई-403,यूनिक टावर,
एन आर आई कालोनी के पास, जगतपुरा,
जयपुर-302017 (राजरथान)

अनुक्रम
कविताएँ

सृजन	13
याद करे दुनिया	14
विदाई	15
दृष्टिपथ	16
मेरा देश	18
मजबूरी	19
गिला है	20
तेरी ज़िन्दगी	21
त्रिशंकु	22
उपहार	23
गीत : मेरे :-	24
यह भी जीना है	25
फ़र्क़	26
अनुमति है	27
घूँघट	28
औरत	29
पहली तारीख़	30
पलाश के फूल	31
आनन्दकुंज	32
भारतीय नारी	33
बहुत ख़ुश थी मैं	34
नेह भरे शब्द	38
गीत	39
फ़ाइल	40
निन्दा	41

आज की नारी	42
दर्द	43
फूल और काँटे	44
कवि	45
कुर्सी रेस	46
मेरे देश में	47
नया सवेरा	48
आज़ाद भारत	49
धरती - गगन	50
जुगनू से पल	51
वक़्त	52
तुम्हीं बता दो	53
यादों का तकिया	54
पल-पल	55
पुरानी पीढ़ी से	56
मूर्तिपूजा	57
अलविदा	58
सफ़र	59
हालात	60
स्वप्नों का भारत	61
तुम्हारी ख़ता	62
दो रोटी	63
नववर्ष	64
चक्षु	65
अब और नहीं	66
रक्षाबंधन	67

बे-लगाम घोड़े — 68

उजाले मुबारक — 69

बड़े लोग — 70

रेगिस्तान — 71

कुर्सी का खेल — 72

प्रारब्ध — 73

बचपन — 74

इक्कीसवीं सदी (भूकम्प पर) — 75

शहर — 76

शमा — 77

स्नेह-निवेदन — 78

भूल — 79

दीपशिखा — 80

प्रभुत्व — 81

ग़ज़ल — 82

कली — 83

प्रतिभा — 84

होली — 85

व्यथायें — 86

फ़रियाद — 87

विरासत — 88

अकेले — 89

बसन्त — 90

ख़ामोशी — 91

तुम लौट आओ — 92

परिचय — 93

संकल्प ... 94
श्रद्धांजलि ... 95
रिश्ता ... 96
हमारी मंज़िल ... 97
छोटा सा सपना ... 98
लम्हें ... 99
नूतन-वर्ष ... 100
सफ़र ... 101
महा-नगर ... 102
नेता ... 104
यौवन ... 105
नववर्ष ... 106
अनन्त ... 107
मौत ... 108
पैसा ... 109
मेरे गीत ... 110
युग बदल गया ... 111
जयगान ... 112
कविता ... 113
जन्म कविता का ... 114
वक़्त ... 115
मानवता ... 116
कर्मवीर ... 117
कल्पना ... 118
सीते ... 119

कविताएँ

सृजन

धरती के सीमान्त में जिन्होंने सिन्दूर भरा
उन्हीं के ज्योतिमण्डल की किरण बनना चाहती हूँ।

मुझे नहीं है धन वैभव से प्यार
सुन रही हूँ देश की पुकार।

धरती के कर पल्लवों में जिन्होंने मेंहदी रचाई।
उन्हों की प्रतिभा का आचमन करना चाहती हूँ

अगरु-धूमावलि से जिनको प्यार नहीं
कुसुम-शैया से जिनको दुलार नहीं

जो मिट गये धरती गये घरती का करुण अधरामृत
पीकर उन्हीं स्मतियों में मैं सृजन करना चाहती हूँ

होने दुःख सुख भुलाकर
दुखियों हेतु निज को मिटाकर

माँ भर्ती के चरणों में जिन्होंने महावर लगाया
उन्हीं के पदचिन्हों का अनुगमन चाहती हूँ।

याद करे दुनिया

मैंने जीवन भर जो श्रम से
संचित किया।
जिस ज्ञान को
मैंने रात-दिन मेहनत से
अर्जित किया।
सब कुछ यहीं रह जायेगा।
बस, मैं न रहूँगा।
पता नहीं,
कब तक है जीवन
जिन प्राणों से मोह है
कब तक है उसमें स्पन्दन।
सब यों ही बीत जायेगा
पंछी उड़ जायेगा
जितने पल बाक़ी हैं
क्यों न सुन्दर बनाऊँ
कुछ ऐसा कार्य कर जाऊँ
मुझे याद करे दुनिया
जब मैं दुनिया से
चला जाऊँ।

विदाई

आहिस्ता आहिस्ता चले गये वो
मेरी आँखों से ओझल हो गये वो।
मैं कह न सकी रुक जाओ कुछ पल
महसूस तो कर रहे थे नमीं आँखों की वो
इतनी जल्दी आ गये हमारी जुदाई के पल
वो वहीं ठहर गया गुज़रा हुआ कल।
वो मुझे देख रहे थे, मैं उनको इस तरह
रो दिया आसमाँ, रोने लगे बादल।
मेरी भीगी-भीगी पलकों में था प्यार बे-शुमार
पर मैं कर न पाई कभी भी इज़हार।
शब्द हमेशा कम लगे मुझे पर मौन मुखर हुआ
मेरी ख़ामोशी में पल रहा था प्यार ही प्यार।
कौन हो तुम हमारे काश समझा पाते
हम कौन हैं तुम्हारे काश कुछ कह पाते
आहिस्ता आहिस्ता चले गये वो
मेरी आँखों में ओझल हो गये वो
आँसुओं में डुबोकर सपने मेरे चले गये वो
इक भ्रम था टूट गया चले गये वो....

दृष्टिपथ

तुम्हारा पूरा पूरा चेहरा
मेरे दिल के आईने में
साफ़ साफ़ नज़र आ रहा है
मैं तुम्हारी पनीली आँखों के

समन्दर में डूब जाना चाहती हूँ
पर, जब तुम सामने होते हो
मैं किनारे पर ही रह जाती हूँ
शायद मैं तुम्हारे दृष्टिपथ पर

कहीं भी नहीं हूँ।
मेरे स्वप्नों के बादल
कई बार
तुम्हारे   आस-पास

बरस   कर   लौट   आते   हैं।
लेकिन तुम्हें तो अहसास   भी   नहीं
तुमने   कभी   सोचा   भी   नहीं
इतने   उमस   भरे   जीवन   में

मन के सूने वातायन में
यह शीतल बयार का झोंका
आया कहाँ से।
शायद तुम्हारे जीवन पथ पर
मैं,   कहीं   भी   नहीं   हूँ

मैंने तो तुम्हें आत्मा की
गहराइयों में बसाकर
स्नेह के अदृश्य दागों से
बाँधना चाहा था।

पर मेरी आकांक्षाओं की पतंग
तो आकाश की ऊँचाइयाँ छूने
से पहले ही काट चुकी है।
शायद मैं तुम्हारे कर्तव्य पथ पर

कहीं भी नहीं हूँ
मुझे तो चलना है
चलते जाना है अकेले
इन वीरान पगडंडियों

पर तुमसे कोई गिला नहीं
शिकवा भी नहीं है।
ख़ुश रहो.. तुम सदा
मुझे जाना है अपने
यात्रा पथ पर अकेले।

मेरा देश

मेरे देश,
तुम अखण्ड बनो
सबल बनो
तुम्हें मैं हृदय के उद्गार भेंट करती हूँ।
मेरी लेखनी से
कुछ शब्दों के फूल
अर्पित करती हूँ
तुम्हारे सुयश पर
गौरव पर
गर्वित होती हूँ
मेरे प्राणों का दीप
तुम्हारे ही प्यार से
जलता हूँ।
विश्व में सर्वोपरि बनो
ज्ञान की आभा से
ज्योतिर्मय बनो
विश्व की नई प्रातः के
प्रभाकर बनो
मेरे भावों का साकार रूप बनो।
तुम्हें श्रद्धा-सुमन
भेंट करती हूँ।

मजबूरी

अनिश्चयता की दहलीज़ पर
खड़ी थी.... मैं
मैंने सोचा था...
दिल में शोले की तरह भमकती
विद्रोह की भावना को
शब्दों को आकार दूँ।
अपनी कोमलतर आवाज़ को बुलन्द कर दूँ।
समाज के चढ़ते उतरते प्रीतिविम्बों से
अपनी बेड़ियाँ तोड़ दूँ।
पर जब मैं उसके शीशे की दीवार को तोड़ रही थी तभी...
उसके चौखट की हवा
नागिन सी फुफकारने लगी।
तत्क्षण दिलो-दिमाग़ से
नये सिरे से विचार कौंधने लगे।
दूसरे ही दिन भीड़ ने
मुझे अपने संग मुस्कुराते हुये पाया।
नफ़रत के फोड़ों पर मरहम लगाये हुये।

गिला है

मुझको गिला है अपने आप से
अपनी व्यथायें क्यों
थोप रही थी मैं तुम्हारे कन्धों पर
क्यों बाँधना चाह रही थी
भावनाओं के आग़ोश में तुम्हें।
पढ़ चुके हो मेरे मन के पृष्ठों को तुम
पर तुमने कभी भी
अपने हस्ताक्षर नहीं किये।
देख चुके हो तुम .... मेरे मन आँगन में
महकते स्नेह से सुरभित फूलों को
पर तुम उन्हें भी अपने क़दमों तले
रौंदकर चले गये।
लेकिन यह दुर्भाग्य मेरा नहीं
तुम्हारा है जब तुम्हें
यह अहसास होगा
क्या खोया है जीवन में तुमने
मेरे आँसू तो सूख जायेंगे
लेकिन
भिगोते रहेंगे तुम्हारी पलकें
हमेशा हमेशा।

तेरी ज़िन्दगी

माना कि

मैं तेरे ग़मों में शरीक नहीं
फिर भी
तेरे हर दर्द भरे अहसास को
हर पल झेला है।

माना कि

मैं तेरी ख़ुशियों में शरीक नहीं
पर तेरी हर ख़ुशी भरे लम्हे में
अपने दिल को धड़कते हुए
पाया है।

माना कि

मैं तेरी ज़िन्दगी नहीं
फिर भी
हज़ार बार मिटने की आरज़ू लेकर भी
तेरी ज़िन्दगी को
सदा चाहा है।

त्रिशंकु

मैं इक महान आदमी
बनना चाहता था।
इसीलिए छोटे-छोटे काम
कभी नहीं किये।
जीवन के सामान्य सुख
मैंने नहीं भोगे।
आम आदमियों से मैं
घुल-मिल नहीं सका।
क्यूँकि मैं एक महान आदमी
बनना चाहता था।
मेरी महत्वाकांक्षाएँ मुझे
बहुत ऊपर ले जाना चाहती थी।
इसीलिए मैं
कहीं भी स्थिर न हो सका
न आम आदमी बन सका
न महान आदमी बन सका।

उपहार

23

मौलसिरी सी महकती
सुबह हो
रातरानी सी महकती
रातें हों।
अलसाई दोपहरी में तुम्हारी
मीठी-मीठी यादें हों।
मेरे समर्पण का यही तो
उपहार है।
हर दुःख में
हर सुख में
तुम्हारी मज़बूत बाहों का
विश्वास हो।
दूर रहकर भी तुम्हारे पास
मेरे समर्पण का
यही तो आधार है।
मैं, मैं न रहूं
तुम, तुम न रहो
दोनों के प्यार से
बना यह संसार है।

गीत : मेरे :-

गीत मेरे
मुझे शिकायत न करना।
दर्द भरे शब्दों से
तुम्हें सजाया है
आँसुओं से तुम्हें
नहलाया है।
फिर भी तुमने
मेरे उदास मन को
ख़ुशियों से भर दिया।
गीत मेरे
जबसे मीत तुम बन गये
मैंने सीख लिया जीना
इस दुनिया से जो मिला।
वो मैंने तुमसे बाँटा है।
मेरी बिखरती ज़िन्दगी को
तुम्हीं ने समेटा है।
गीत मेरे मुझसे शिकायत न
करना।

यह भी जीना है

अभावों की इस दुनिया में
अकेले कैसे नौका खेती रहूँ
जब कोई साथी न हो।
कैसे त्यौहार मैं मनाऊँ
जब प्रियतम की पाती न हो।
कैसे मैं रुपहले सपने सजाऊँ
जब उनकी कोई थाती न हो।
कब तक दीपक जलेगा
जब साथ बाती न हों।
मन के अँधेरों से
डर लगने लगा है
अपने ही साये से
मन घबराने लगा है।
यह भी कोई जीना है
जब कोई साथी न हो।

फ़र्क़

घूम रहा
एक भिखारी
दर-दर
रोटी की तलाश में
लिए कटोरा हाथ में
जैसे नौजवान भटक रहा है
दफ़्तर-दफ़्तर
रोज़ी की तलाश में
लिये डिग्री साथ में
फ़र्क़
सिर्फ़ इतना है
भिखारी लाचार है
और नौजवान बेरोज़गार है।

अनुमति है

मेरी वेणी में
गुंथे हुए फूल
देश-प्यार की
मधुरिमा के हैं ।
मेरी पलकों में
बिंधे स्वप्न
उसकी ही गरिमा के हैं।
मेरे पल,
देश प्यार की
चरम अनुभूति है
मेरा जीवन
उस अनुभूति की
अनुमति है।

घूँघट

पीली-पीली
सपनीली
गीली उदास आँखें
घूँघट के आवरण में
रो-रोकर कहती हैं।
'दृष्टि को निर्मल प्रकाश दो'
श्लथ अवसाद से हृदय गया भर
झर-झर झरता नीर-क्षार
कारा-सा जीवन ठुकराकर
मन कहता है
'मुझे उन्मुक्त आकाश दो'
किसने समझे मेरे भाव सलोने
मुझको प्रिय हैं कौन से खिलौने।
दर्द की स्याही से लिखे गीत कहते हैं।
कुछ मधुरता की आभास दो
सागर गहरा, बहुत गहरा
उससे भी गहरा मन मेरा
सागर क्या प्यास बुझायेगा
वो थामे नदी का दामन
प्यास मेरी अमर हो जाये
उर को ऐसा विश्वास दो।

औरत

कब मुझको अपनी ज़िन्दगी
पर, अपना अधिकार रहा।
कब मुझको अपनी ज़िन्दगी
जीना का ऐतबार रहा।
एक छोटी सी
ज़िन्दगी मिली
वो भी टुकड़ों में बँटी हुई।
अपने माता-पिता
भाई-बहन
फिर ससुराल के हर रिश्ते से
जुड़ा दायित्व
सबके लिये जीते हुये
अपने लिये बचा ही क्या है।
जबसे आँखें खोली
मैंने जाना - नारी तू
हर क़दम पर त्याग किये जा
अपने होंठों को सी कर
अपने आँसू चुपचाप पिए जा
यही तेरी
नियति है।

पहली तारीख़

महीने भर काम करते हुये
भूल जाता है
आदमी बहुत कुछ
फिर भी
वह कभी नहीं भूलता उसे
हमेशा करता है
ज़िक्र उसका
दोस्तों के बीच
बीवी बच्चों के बीच
होठों से बुबुदाता रहता है
कब आएगी वो
पहली तारीख़।

पलाश के फूल

जब जब मैं तुमसे मिलती हूँ
जीने का उल्लास लेकर
स्नेह से सुरभित होकर
रजनीगन्धा सी महक महक जाती हूँ
भीतर भीतर बाह जाता है मन का ताप
घुलने लगता है दर्द-सन्ताप।
तुम कुछ न कहकर भी
बोलते हो मन की भाषा
शायद जान लेते हो मेरी अभिलाषा
जब जब मैं तुमसे मिलती हूँ
जीवन के स्पन्दन लेकर
अपनी गरिमा का अहसास लेकर
अपने सपनो में
पलाश के रंग पाती हूँ
मेरे मन के सूने आकाश पर
तुम इन्द्रधनुष बन छा जाते हो।
तुम्हारी सप्तरंगी आभा में
मैं अपना परिचय अपनी पहचान
पा जाती हूँ।

आनन्दकुंज

ज़िन्दगी के इस सफ़र में
धूप छाँव का खेल खेलते
हमने आनन्दकुंज में
एक छोटा सा अपना घर
बनाया है।
अपने छोटे से घरौंदे में
मेरे स्वप्निल आँखों के
सुकोमल सपने को
साकार होते पाया है
इसकी गुलाबी आभा को
शीतलता से सराबोर पाया है
शहरी जीवन की
भागदौड़ से दूर
यहाँ के शान्त सादगीमय माहौल में
जीवन का सही अर्थ पाया है।
चारों ओर मुस्कुराते हुए
फूलों के बीच
नन्हें बच्चों की खिलखिलाहटों
के बीच
आनन्दकुंज
को
मुस्कुराते हुए पाया है।

भारतीय नारी

तुमने मुझे अकिंचन समझा
पर मेरे पास क्या नहीं है।
ज्ञान-चरित्र से सँवारा
मैंने अपना जीवन है।
श्रम की भावना से
निखरा हुआ यौवन है।
रात के कालिमा हटाकर देखो
मेरे पास भोर उजास है।
मेरे आस पास
फैल रहा अपार उल्लास है।
मैंने सत्य के पथ पर
चलना सीखा है।
अँधेरी रातों में
दीपक बन जलना सीखा है।
मेरे पास सागर की गहराई
आकाश की ऊँचाई है।
मुझे धन वैभव का लालच नहीं
क्यूँकि चरित्र ही मेरा गहना है।

बहुत ख़ुश थी मैं

बहुत ख़ुश थी मैं
गाँव से शहर आते हुए
लेकिन मेरे ख़ुशी कितनी
अवास्तविक थी
मैं बहुत जल्द ही जान गई थी।
नाते रिश्तेदारों से दूर
अपनी ज़िम्मेदारियों से दूर
एक झूठी शान के मद में चूर
बहुत ख़ुश थी मैं
गाँव से शहर आते हुए।
आख़िर क्या हुआ ऐसा
आसमाँ को छूने वाले मेरे गीत
सौंधी मिट्टी की महक को
तरसने लगे।
प्यार की एक बूँद पाने को
अपने आँसू पीने लगे।
ये गगन चुम्बी इमारतें
महज़ एक सपना है।
अपने वजूद को चुनौती देती हुई
जहाँ कोई किसी का न अपना है।
बहुत ख़ुश थी मैं
गाँव से शहर आते हुए
इतने सालों साथ रहकर भी लोग

अजनबी से लगते हैं।
लिपे-पुते चेहरों के बीच
कोई आईना क्यों
सहमा-सहमा सा रहता है।
मैं बहुत जल्द ही जान गई थी।
इस अजनबी शहर में
हमारे संस्कारों ने
दीवार सी चुन ली है।
क्यूँकि हम आये हैं
एक छोटे से क़स्बे से।
जहाँ अभी तक
आँखों में पानी है।
जहाँ रिश्तों की दुनिया
इतनी बेमानी नहीं है।
जहाँ अफ़सरों से ज़्यादा
लोह पहचानते हैं
खोमचे वाले को
गलियों की सफ़ाई करने वाले
उस ग़रीब इन्सान को।
बहुत ख़ुश थी मैं
गाँव से शहर आते हुए
लेकिन मैं जल्द ही जान गई थी।
मेरे धूल भरे पाँव

अब भी मेरे लौटने का
इन्तज़ार करते हैं।
जीवन शाम में
घोर अँधेरी रातों में
मेरी चिर परिचित वो
मिट्टी ही मुझे थपथपायेगी।
अपने मृदु स्नेह से आप्लावित
बिछौने पर मीठी नींद सुलायेगी।
इस शहर की है अदा भी
अजीब है।
इसके रस्मो-रिवाज़ भी
अजीब हैं।
इस बार जो गाँव छोड़कर
आता है यहाँ
मगरमच्छ की तरह
यह शहर उसे दबोच लेता है।
पँख नोच लेता है।
पता नहीं कैसे जीते हैं लोग
छटपटाते हुए

बहुत ख़ुश थी मैं
गाँव से शहर आते हुए
कई ज़्यादा ख़ुशी होगी अब
लौटते हुए।
जहाँ मेरा बीता बचपन
जहाँ अब भी मुझे देखकर
छलक उठेंगी आँखें।
सबके स्नेह गरिमा में
खो जाऊँगी फिर
नन्हीं सी गुड़िया बनकर।

नेह भरे शब्द

नेह-भरे
शब्द दो मुझे ....
मैंने तुम्हें
पूरा पूरा आकाश दूंगी
सितारों से
जगमगाता हुआ
सौंप दूँगी मैं
हरी-भरी वसुन्धरा तुम्हें।

गीत

आज मेरा मन कोई जागरण गीत लिखना चाहता है
हो उठे उन्मत हृदय जो गीत सुनकर
उसी की कल्पना में मन खो जाना चाहता है।
देश भक्तों के प्यार को और सम्बल मिले
इसी कामना में मन मेरा जीना चाहता है।
दिए बलिदान जिन्होंने वतन पर हँसते हँसते
उन शहीदों का मन मेरा अभिनन्दन करना चाहता है।
इस उर की धड़कनों में देश प्यार का स्पन्दन हो
मेरा मन उस वीरोचित गान को लिखना चाहता है।

फ़ाईल

धूल की परतों
से सनी
बन्द होती है
फ़ाईल
लेकिन
सिक्कों की आवाज़
सुनते ही
खुल जाती है
फ़ाईल।

निन्दा

लोगों के
खुले दरवाज़ों पर
चुपके से
वार करती है
और.... और
होती है
खुद घायल।

आज की नारी

जब मेरे भीतर
मेरी अस्मिता सोई थी।
तब मन में कितनी शान्ति थी।
एक तृप्ति का अहसास था।
लेकिन अचानक क्यों
मुझे ऐसा लगा व्यर्थ है जीवन मेरा
मेरी कोई पहचान नहीं
मुझे अपना वजूद पुकारने लगा।
तब घर से बाहर मैंने रखा क़दम।
अपनी शक्ति का
अपने वजूद का
अपनी अस्मिता का
मैंने पुरुष जाति को अहसास कराया।
पर इस दौड़ में
मैं कितनी थक जाती हूँ।
उसका अहसास कोई नहीं कर पाया
क्या यह ठीक है कि मैं
अपनी तृप्ति के लिए
सदियों पुरानी अपनी छवि मिटा दूँ।
यह प्रश्न बार बार सर उठता है।
मुझे विचलित करता है।
लेकिन अपनी गरिमा की
अनुभूति में
मैं तमाम प्रश्न-पत्र जला देती हूँ।

दर्द

मेरे शब्दों को भाव बन जाने दो।
ठहरा हुआ था दर्द मेरा
आँसू बन बह जाने दो।
मेरे भीतर बहती शांत नदी को
कोई समझ पाया नहीं
तूफ़ानों से घिरी थी जब नाव मेरी
किसी किनारे ने बुलाया नहीं।
इससे पहले कि मैं खो जाऊँ कहीं
मुझे शमा बन जल जाने दो।
क्यों छला जाता है भोला सा
सरल प्यार यहाँ
मुझे नहीं समझ आता क्यों
होता भावनाओं का व्यापार यहाँ।
आज मन की व्यथा को
कथा बन जाने दो।
दिशाहीन सी भटक रही थी मैं
अब किसी मक़ाम को पा लेने दो।
वक़्त की रेत पर अपना
प्यारा-सा नाम लिख लेने दो।
ठहरा हुआ था दर्द
आज सृजन बन जाने दो।

फूल और काँटे

जब कभी सुख के क्षण मिलें
ओ मेरे बुझे मन
आनन्द के प्रवाह में
बह न जाना।
टूट जाते हो
ओ दुर्बल मन
पर टूट कर लक्ष्य से भटक न जाना।
बहुत प्यासे लगते हो
ओ प्यासे मन पर
कभी प्रमाद से विचलित न हो जाना।
ओ ज्ञानी मन
ज्ञान असीम अथाह सर्वत्र बिखरा है
समेटते-समेटते
ज्ञान गरिमा में
बह न जाना
ओ मन मेरे ...
अपने संग्रहालय फूल चुनते-चुनते
काँटों को न भुला देना।

कवि

एक कवि से
प्रश्न किया
'लिखने पर कैसा महसूस करते हो'
तो बोला वो.. जब लिखता हूँ
सारा जग अपना लगता है
सबके आँसू मैं पी जाता हूँ।
'लिखने पर
जग सपना लगता है
अपने आँसू पीने को भी
जाम पर जाम
पीता चला जाता हूँ

कुर्सी रेस

कुर्सी-रेस
चल रही है इन दिनों
हर नेता अपनी-अपनी
कुर्सी पाने के लिये
जी-जान लगा रहे हैं।
हाथ जोड़कर अभिनन्दन करते हुए
सब मसीहा से लग रहे हैं
नेता लोग
सफ़ेद उज्जवल कपड़ों में
देश की छवि सुधारने को
आतुर लग रहे हैं
नेता लोग।
जैसे ही शोर-शराबा
बन्द होता है वोटिंग शुरू होती है
और अपनी कुर्सी पर बैठ जाते हैं
नेता लोग
जिनको कुर्सी नहीं मिलती
खेल से आउट कर दिए जाते हैं
पाँच साल के लिये।

मेरे देश में

मिल जाये तुम्हें रावण जाने किस वेश में
यह क्या हो रहा है मेरे देश में।
भ्रष्टाचार दिन रात बढ़ रहा है
सदाचार दिन रात घट रहा है
सत्य क्षमा शब्द रह गए किताबों में
कुर्सी ही बस गई है सबके ख़्वाबों में।
ग़रीब और ग़रीब हो रहे
अमीर और अमीर हो रहे हैं।
सोया हुआ ज़मीर उनका
जिनके हाथों में देश की जागीर है।
सीता का अपहरण हो या द्रोपदी का चीरहरण
अब कोई राम कोई कृष्णा आता नहीं नज़र।
कौन से दरख़्त के साये में बैठे
सोच में डूबा है राहगीर।
राजा हरिशचन्द्र ख़ुद यहाँ बिकने लगा है
भ्रष्टाचार के माहौल में दम घुटने लगा है।
कितना नैतिक पतन हुआ है मेरे देश में
मिल जाएँ तुम्हें रावण जाने किस वेश में।
यह क्या हो रहा है मेरे देश में

नया सवेरा

जिस पथ में बढ़ रहे हैं क़दम मेरे
कल उसी में नया सवेरा पाओगे।
आज जो व्रण मुझे चुभन दे रहे हैं।
उन्हें तुम जग का मरहम बनते पाओगे
जो दर्द मुझमें झलक रहा है
कल उसी में अमरत्व पाओगे।
जो धूप बन कर झुलसा रही है मुझे
वो सबके लिये छाँव बनते पाओगे।
आज मौन देख रहे हो तुम मुझे
कल मेरी मुखरित मुस्कान पाओगे।
आज जीवन-आकाश में बादल छाये हैं।
कल ख़ुशियों की बरसात पाओगे।
नाज़ करोगे दुनिया वालों मुझपर
मेरा सपनों का इन्द्रधनुष धरा पर पाओगे।

आज़ाद भारत

क्या यही आज़ाद भारत का सपना है
क्या यही देश का गौरव अपना है
यहाँ रोज़ उजाड़ रहे मासूम बचपन
सुनता नहीं कोई किसी का क्रन्दन
जहाँ धर्म के नाम पर प्राण लिए जाए।
जहाँ धर्म के ख़ातिर देश के टुकड़े किये जाएँ
शर्म से सर झुका जा रहा है हमारा
यह भारत देश है सबका प्यारा।
उठो सोये हुए भारतवासियों
अहिंसा का पथ है सबसे निराला।
हमें गाँधी-गौतम ने जो मार्ग दिखाया
उसी पथ पे चलते जाना है।
आज कर लो प्रण तुम
अब न वो मातमी सुबह आएगी।
जिसने जान ली ललित माकन की
हमें लहूलुहान होते देश को बचाना है।
हमें इस देश के सम्मान को बढ़ाना है।
यही आज़ाद भारत का सपना है
यहाँ देश का गौरव अपना है।

धरती – गगन

धरती से गगन को छूने वाले मानव

क्या तू अपनी धड़कनों को पहचान पाया?

विज्ञान के दरवाज़े खुलते जा रहे हैं।

पर आत्मा के ज्ञान-चक्षु बन्द है।

तेरे मन का अन्धकार

विज्ञान का चमत्कार क्या मिटा पाऐगा

तुझे खोने होंगे हृदय-द्वार आज।

धरती से गगन को छूने वाले

मुझे तुम पर नाज़ है।

पर चारों दिशाओं में फैलता

ज़हरीला धुआँ ही धुआँ है।

हवा में जाने कैसी गन्ध है।

मन की शान्ति खो गई कहीं

तो गगन छूकर क्या करुँगी।

मुझे नहीं चाहिए चाँद-सितारे

मेरे खोये हुए विश्वास फिर लौटा दो।

इन्सान के बीच बढ़ती

नफ़रत की दीवार मिटा दो।

इस हरी-भरी वसुन्धरा पर

प्यार के फूल खिला दो।

चारों ओर फैला है प्रकृति का वैभव यहाँ

इस अनमोल उपहार को मैं छूना चाहती हूँ।

मुझे नहीं चाहिए चाँद-सितारे

गगन छूकर क्या करुँगी।

रेखा जैन

जुगनू से पल

माना कि जीवन हक़ीक़त है
दोस्त मिलते हैं बिछड़ते हैं
पर अपनों की इस तरह
भुलाया तो नहीं जाता

होगी कोई मजबूरी तुम्हारी
हालात बदल गए हैं मगर
दिल पर लिखी प्यारी इबारत
को मिटाया तो नहीं जाता।

प्यार तो प्यार है
बड़े नसीब से मिलता है
पवित्र प्यार से सींचे पौधे को
भुलाया तो नहीं जाता

अभी ना-समझ हो तुम
जीवन की अँधेरी रातों में
जुगनू में दमकते पलों को
भुलाया तो नहीं जाता।

वक़्त

वक़्त के चेहरे पर है दर्द-भरी थकान
तब मेरी वर्णाका कैसे रहे मौन।
आज इन्सानों के अन्दर का
इन्सान मर चुका है।
जब मानवता का छूट रहा है दामन
तब मेरी वर्णाका कैसे रहे मौन।
भावों में उठ रही ज्वाला है
प्राणों में देश प्यार की हाला है
रो रहा है देश का तन-मन
कुछ तो सोचो करो मनन।
प्राणों का संगीत चाहता है अमन
तब मेरी वर्णाका कैसे रहे मौन।
शान्ति प्रिय मेरे देश में
ये काँटे किसने बिछाए।
सुन्दर-सी फुलवारी में किसने
नफ़रत के बीज बोये।
सुन भारत माँ का क्रन्दन
मेरी वर्णाका कैसे रहे मौन।

तुम्हीं बता दो

तुम्हीं बता दो..........
कौन सा सम्बोधन दूँ तुम्हें
तुम्हारा प्यार पाकर मेरे
प्यासे भाव शब्द बन गए हैं
जी तो पहले भी रही थी
अब जीने के अर्थ बदल गए हैं
तुम्हीं बता दो..........
कौन-सा प्रतिदान हूँ तुम्हें....
जी आऊँगी इस मरुभूमि में
नए एहसास का परिचय लिखकर
कुछ नया रचने का सुख संजोकर
अब क़दम मेरे संभल गए हैं
तुम्हीं बता दो...
कौन-सा सुख संवेदन दूँ तुम्हें
शुरू तुम्हीं से की थी ज़िन्दगी
मुस्कुरा उठी है वीरान ज़िन्दगी
अब जीने के सम्बल जो मिल गए हैं
तुम्हीं बता दो .....
कौन सा उदबोधन दूँ तुम्हें।

यादों का तकिया

जब तुम्हें मेरी याद आएगी
जीवन में मेरे प्यार की ज़रूरत होगी।
तब तक बहुत देर हो जाएगी
न ये हालत रहेंगे न मेरे अरमान रहेंगे।
मेरे एहसास मेरे ग़मों तले दम तोड़ चुके होंगे।
तुम्हारी उपेक्षा तुम्हारा अलगाव हम सह न पाएँगे
मगर आज तुम पीले होते हुए पत्तों को नहीं देख पाओगे।
जब तुम्हारा बसन्त चला जायेगा।
जब तुम्हारा दर्द उभर जायेगा।
तुम्हारे नयन छलक उठेंगे।
तुम मेरा नाम लिखोगे रेत की दीवारों पर
जब तुम्हें मेरी याद आएगी
तब तक बहुत देर हो जाएगी।
जब अकेला-पन तुम्हें घेर लेगा
घेर लेंगे अन्तहीन दुःख
जब जीवन अर्थहीन सा होगा।
जब तुम्हें मेरी याद आएगी।
बहुत याद आएगी
तुम्हारे दुःखों के सिरहाने
मेरी ही याद का तकिया होगा।

पल-पल

क्या होगा कौन जाने
अगले पल यहाँ पल-पल में
वक़्त रंग बदलता है
कभी आँधी बनकर
कभी बे-मौसम बरसता है
किस पर विश्वास करूँ यहाँ
पल-पल में इन्सान
चेहरे बदलता है।
कब मन्दिर-मस्जिद
विवाद शुरू करे
क्या पता कब दंगे-फ़साद करे।
क्या पता कब आतंकवादी
बन उलझ पड़े।
क्या मालूम कब तक
यह जीवन है
ध्वस्त हुए सपने सारे
यह कैसा भूकम्प आया
प्रकृति का गुस्सा था या
दैवीय प्रकोप बन आया।
घर से बेघर हो गए लोग
कल तक जो खुशहाल थे
आज वे इक पल में
याचक बन कर खड़े थे।
क्या होगा कौन जाने
अगले पल यहाँ।

पुरानी पीढ़ी से

यह आँधी रोके से न रुकेगी।
इसे अपने पास से चुपचाप
गुज़र जाने दो।
क्यों दोष देते हो नई पीढ़ी को
कौन-सी सीढ़ी पर चलकर जाना है
उन्हें तय करने दो।
बहक उठी हैं भावनाएँ
बदल रही हैं मान्यताएँ
इसीलिए तोड़कर बढ़ रहे हैं सब
अपनी सीमायें
अँधेरा बढ़ता है
बढ़ने दो।
कल फिर नया सूरज जन्म लेगा।
थोड़ा सा इन्तिज़ार करने दो।
इस ज्वालामुखी को
उगल लेने दो लावा
कुछ करने का जो करते हैं दावा।
शान्त समन्दर से बनाकर दिखाओ।
कल फिर
नया सूरज जन्म लेगा।

मूर्तिपूजा

जब उन्हें लगा कि
हमारे जीवित रहते
कोई हमारे आदर्श
समझ नहीं पाएंगे
तो वे
अपनी मृत्यु से पूर्व
अपनी प्रस्तर-प्रीतिमा
बनवाकर छोड़ गए।
और अब उस मूर्ति पर
कल तक जो
उनके घोर विरोधी थे
वे भी फूलों का हार लिए
शीश झुका रहे हैं।

अलविदा

मैं साफ़-साफ़ देख रही हूँ
घने कोहरे के बीच भी
एक नया रास्ता
एक नई मंज़िल
जिसे पाने के लिए
तुमसे दूर जाना है
कल तक
तुम्हारी जुदाई से डरती थी
आज कह रही हूँ तुम्हें अलविदा।
यह कैसी विदा बेला है
आँखों में आँसू हैं पर
डरती हूँ कहीं ...
छलक न जाएँ।
मेरे टूटे सपने
पलकों से झलक न जाएँ
मेरे शब्दों ने कई बार
दस्तक दी तुम्हारे
मन के द्वार....
जिसे तुमने अनसुना कर दिया
तुम कभी भी मेरे
आस-पास नहीं थे
फिर भी
कोशिश है मेरी
अलविदा।

सफ़र

ज़िन्दगी के सफ़र से थक गई मैं
दिन गुज़र गया आज बिना मुस्कुराए।
अपने दर्दीले गीतों की कड़ियों को जोड़कर
अपने सर पर सेहरा बाँध लिया मैंने।
गीतों की राख गिरी जलती आग बुझकर
फिर तूफ़ान में उड़ चली निराश कर।
व्याकुल है मन मेरा उदासी छिपाए।
आज दिन गुज़र गया बिना मुस्कुराए।
आज क़र्ज़ चुका रही हूँ प्राण तुम्हें
आँसुओं को गिरवी रखकर मीत पा लूँगी
मुझको मेरी मंज़िल दे रही है सदाएँ।
दिन गुज़र गया आज बिना मुस्कुराए।

हालात

मेरे हालात मुझे किस
मुक़ाम पे ले आये हैं।
दूर दूर तक कोई अपना नहीं
अपनों से हम बिसराये हैं।
आँखों में अश्कों के समन्दर हैं।
फिर भी बहुत हम तरसाये हैं।
तन्हाइयों के भँवर में क़ैदी हम
ज़माने से ठुकराए हैं।
न ज़मीं मिली न आसमाँ मिला
सपने भी हमारे धुँधलाए हैं।
कोई तो साथ चले ज़िन्दगी बनकर
नहीं तो व्यर्थ जीवन गँवाए हैं।
को तो जगा दे वो गीत
जो हमारे भीतर अनगाये हैं।
कोई मक़सद बन जाये जीने का
गर इक बार कह दो हम तुम्हारे हैं।

स्वप्नों का भारत

किस से शिकायत करें हम
वोट बैंक में
सबके ईमान गिरवी पड़े हैं।
नेता लोग
अपनी अपनी ज़िद पर अड़े हैं
कुर्सी के ख़ातिर
आपस में उलझे हैं
बे-नक़ाब करना है
उन तमाम चेहरों को
जो स्वार्थ की चादर ओढ़ेकर सो रहे हैं।
राजा-वज़ीर की टेढ़ी चाले हैं।
जनता कलप रही है
मेरे देश में रोज़ नए घोटाले पनप रहे हैं।
किस से फ़रियाद करें हम
किस से शिकायत करें हम।
कहाँ जाएँ हम .....
स्वप्नों का भारत फिर बसाना है।
गाँधी के
नेहरू के
अरमानों को पूरा करना है।
एक नया संकल्प लेकर
नया इतिहास रचना है।

तुम्हारी ख़ता

क्या सज़ा दूँ तुम्हें तुम्हारी ख़ता की
तुम्हारी ख़ता मेरी सज़ा बन गई।
मेरे भीतर पलती पीर को
क्यों तुमने छू लिया
मेरे आँसुओं के नीर को।
क्यों था तुमने पी लिया।
कुछ उम्मीदें बन गयीं थी तुमसे
नव-अंकुर फूटे मन में ख़ुशी के
मेरे नयनों ने सुन्दर स्वप्न सजाये।
अब इस नेह-बँधन को कैसे भुलाएँ।
क्या सज़ा दूँ तुम्हारी ख़ता की
तुम्हारी ख़ता मेरी तो क़ज़ा बन गयी।
मेरे दिल की रहगुज़र में आये थे क्यों?
मेरे प्रिय कथानक बनकर जीवन में छाये थे क्यों?
मेरे अँधियारे जीवन में दीप जला गए क्यों?
तुम्हारा हर मृदु एहसास कैसे हम भुलाएँ।
अब इस नेह-बँधन को कैसे हम भुलाएँ।
क्या सज़ा दूँ तुम्हारी ख़ता की
तुम्हारी ख़ता मेरी सज़ा बन गई।

दो रोटी

कवि को थोड़ी-सी
कल्पना चाहिये।
पत्रकार को हर रोज़
नई घटना चाहिये।
जीभ को रोज़ नया
ज़ायक़ा चाहिये।
नेताओं को अपनी
कुर्सी सलामत चाहिये।
सबको तलाश है
किसी न किसी की
आम आदमी को
बस, दो रोटी चाहिये।

नववर्ष

मधु संगीत लुटाता आया नववर्ष है
जीवन वीणा के बिखरे तारों को छेड़ो
कि दिशा-दिशा मादक स्वर गूँज उठे
करूँ मौन व्यथित हृदयों का
फिर से खोया हुआ उल्लास पा उठे।
दिशा-दिशा में छाया हर्ष है।
मधु संगीत लुटाता आया नववर्ष है
रूठी हुई ख़ुशियों की करो मनुहार
सुप्त भावनाओं की करो तुम पुकार
मुस्कुराओ नूतन चेतना-रस पीकर
उठो! तुम हिमालय सी दृढ़ता लेकर
अधरों पर छाया मधुर स्मित हास है।
मधु संगीत लुटाता आया नववर्ष है

चक्षु

1

मेरे कल्पना चक्षु
स्वप्न पिरोये
रह गए बनके भिक्षु।

2

मालिक और मज़दूर
के बीच
श्रम का क्रय-विक्रय नहीं
हृदय का रिश्ता होता है।
श्रम का शोषण नहीं
पूजन होता है।
मानव द्वारा मानव
जीवन पाता है
और
देता है।

अब और नहीं

देखा है मैंने फुटपाथ पर
बचपन को सिसक-सिसक कर
रोते हुए।
कभी देखा है आतंक को
सड़कों पर नाचते हुए
देखा है मैंने सच्चे प्यार को
घूँट-घूँट
ज़हर पीते हुए
मैंने बहुत कुछ देखा है
पर अब नहीं देख सकती मैं
अपनी आत्मा को
ज़िन्दा दफ़्न होते हुए।

रक्षाबंधन

अपने शब्दों से
रेशम के धागे से
बाँध रही हूँ अमर राखी
भैया मेरे ....
स्नेह की मनुहार को
इंकार न करना।
जाने कितनी पुनीत भावनाएँ
उर में आज समा रही
स्नेहिल लहरे बह-बहकर
उमंग मिलन की बना रही।
स्मृतियाँ तुम्हारी
आत्मविभोर कर रही।
यह कर्तव्य-प्रेरक बन्धन
इसको तुच्छ न समझना
अपनी प्यारी सी बहना को
कभी भुला न देना।

बे-लगाम घोड़े

जिन राहों से हमने नहीं चाहा था गुज़रना
ऐसी कौन-सी मजबूरी है चले जा रहे हैं।
रिश्ते नातों के दायरे सिमटते जा रहे हैं।
इस भीड़ भरी दुनिया में किधर जा रहे हैं।
क्यों ख़ुशी नहीं होती अपनों से मिलकर
क्यों अपने आप से दूर चले जा रहे हैं।
बे-लगाम घोड़े हैं सपनो के चारों ओर
क्यों इस दौड़ में भीतर-भीतर टूटते जा रहे हैं।

उजाले मुबारक

सर्वोदय की तस्वीर
खूंटी पर सुरक्षित है
इसी तरह
तुम्हारी तक़दीर।
तुम नेता बनने पर
अभिनेता भी बन जाओगे।
जहाँ भी रखोगे क़दम
हज़ारों हाथ
तुम्हारे स्वागत में उठ खड़े होंगे
तुम्हारे मज़बूत हाथों में
देश अमानत होगा
भोली-भाली जनता से बढ़कर
तुम्हारा भविष्य सलामत होगा
कितने ही अँधेरे फैलाओ
तुम्हें उजाले मुबारक
तुम्हारे नेता बनने पर
देश का पता नहीं
तुम्हारा भाग्योदय
सुरक्षित होगा।

बड़े लोग

उनकी नज़रों में हमारा अस्तित्व होता है दरकिनार
मैं सोचती हूँ फिर क्या है हमारे सम्बन्धों का आधार
वो हमें सीढ़ी कि तरह इस्तेमाल करते हैं
बढ़ते जाते हैं ऊपर बहुत ऊपर
वो गर्वित हैं अपनी सफलताओं पर
वो गर्वित हैं अपनी उपलब्धियों पर
उनकी ऊँचाइयाँ भुला देती हैं हमारी अच्छाईयाँ
बहुत दूर हो जाती हैं हमारी परछाईयाँ
अब नहीं महल बनता सुदामा का घर
कृष्णा के दोस्त होने से
अब राम नहीं खाते शबरी के बेर
आज के दौर में
कृत्रिम स्नेह अपनत्व छलकाकर
लूट लेते हैं लोग
हमारी निश्छल भावनायें हमारा भोलापन
जब तक हम समझ पाते हैं
बहुत देर हो चुकी होती है|
वो मुजरिम हैं पर
इस जुर्म की सज़ा नहीं है|
हम जैसे लोगों की बड़े लोगों को
बहुत ज़रूरत है|

रेगिस्तान

लिख दिये जो दर्द ज़िन्दगी ने मेरे नाम
मत करो उनको तिरस्कृत
आज मैं याचक बनकर
खड़ी हूँ द्वार पर तुम्हारे
पर कब कुछ पाना चाहा था
दाल दिये थे तुम्हारी झोली में
मैंने ढेर सारे स्नेह पुष्प
मैं तो तन्हा ही थी हमेशा हमेशा से
ठहरी हुई थी ज़िन्दगी मेरी
बहार से लगता है हरी-भरी हूँ, पर
मीलों दूर तक रेगिस्तान हैं
तपती ज़मीं पर तलाश रही थी मैं
स्नेहिल-शीतल छाया पर,
यहाँ वहाँ तो दूर-दूर तक नहीं
कोई नदी न कोई झरना है।
दूर-दूर नहीं कोई तरुवर
न कोई सरोवर है बहुत पास होकर भी
दूर मेरा सपना है,
मुझको तो बस चलते जाना है।
इस रेगिस्तान में बीतरागी बनकर जीना है।
लिख दिये जो दर्द ज़िन्दगी ने मेरे नाम
नहीं हो पाये पुरस्कृत
पर नहीं करना कभी मुझे विस्मृत।

कुर्सी का खेल

कोई सफ़ेद पोशी का झोला
पहनकर आराम कुर्सी पर
आराम फ़रमाते हैं।
कुछ भिखारी का झोला पहनकर
गुज़र करते हैं।
एक इज़्ज़त है
दूसरे जुगुप्सित है
कुछ लोग दिनभर
मज़दूरी करते हैं
रिक्शा चलाते हैं
फिर भी भरपेट खाना
नसीब नहीं होता है।
फुटपाथ पर जन्म लेते हैं
यह इन्सानों का खेल है।
कुछ लोग नारे लगाते हैं
कुछ लोग नारे लगवाते हैं
जब भी कहीं पर बाढ़ आती है
कुछ लोग बेघर हो जाते हैं।
पर कुछ ऐसे भी लोग हैं
जिनके घर आबाद हो जाते हैं
ये खेल है अमीरों का
ये खेल है ग़रीबों की बे-बसी का
ये खेल है कुर्सी का रिश्वतख़ोरों का
हमें सजग-सतर्क रहना है
पर्दे के पीछे छुपे हुये दाग़-दार चेहरों से

प्रारब्ध

जब भी श्वेत रूई से बादल
बरसना चाहते हैं मेरे आसपास
मेरे आँगन जब भी बासन्ती हवाएँ
छूना चाहती हैं मुझे
महकाना चाहती हैं
मेरा घर-आँगन।
यह पागल हवा क्यों क्रुद्ध होकर
रोक लेती हैं उन्हें
यह कैसा रहस्य है
जीवन जीकर भी
हम समझ न पाये।
स्नेहसिक्त उज्जवल
फूल सा कोमल
मन मेरा
बेरहम वक़्त के हाथों
मुरझा न जाये।
यह मेरे जीवन का
प्रारम्भ तो नहीं
प्रारब्ध ही मिल जाये।
जिन लम्हों ने की कभी
करुण प्रार्थना व्यर्थ न हो जाये।
कब तक लिखता रहेगा
वक़्त मेरी सूनी तक़दीर
अपनी क़लम से लिखूँगी
सँवारूंगी मैं अपनी तक़दीर

बचपन

उर मेरा शिशु से सरल
छझ मुझे है अति विरल
शैशव नाम छूट गया
इस दुनिया की नज़र में
संज्ञा से मुझे मतलब क्या
जब संस्कार नहीं अन्तर में
जब देखती स्वार्थ का ज्वार
भाव मेरे हो जाते उदास
दिल में इक कसक उठती है
नयन हो जाते नीर से तरल
उर मेरा शिशु से सरल।
बीत गई वह मधु-बेला
जीवन की प्रभात बेला
बाल अरुण-सी बेला
जिसमें अमृत-रस घुला
अब जीवन की धधकती दोपहर है
पग-पग पर अनजानी प्यास है
जो खेलते हैं कपट पूर्ण खेल
उनसे कैसे हो सुखद मेल
उर मेरा शिशु से सरल
सरल सुरभित मन मेरा
निस्वार्थ है जीवन मेरा
ज्ञान की मदिरा पीकर
पल्लवित हुआ जीवन मेरा
न समझना मुझको पागल
उर मेरा शिशु से सरल

इक्कीसवीं सदी (भूकम्प पर)

देश की स्वतंत्रता पर
हम मना रहे थे ख़ुशियाँ
पर अचानक यह कैसा
ज़लज़ला आया।
मातम में बदल गईं सारी ख़ुशियाँ
हर ओर दहशत है
वक़्त जैसे रुक गया है
वक़्त जैसे सहम गया है।
यह कैसी सदी है
जिसके क़दमों की आहट सुनकर
धरती काँप उठी है।
आसमान स्तब्ध सा
देख रहा है
यह कैसा चीत्कार है
उदासी भरा मंज़र है।
सूख गई नदी है
यह कैसी सदी है।
धरती का विकराल रूप
नहीं सह पा रहा मन मेरा
विचलित हूँ हैरान हूँ मैं
बल दो, सामर्थ्य दो
अपनी आत्मा को आलोकित करें
हर इन्सान को
असत्य अधर्म पर
विजय पाकर
सुखमय आनन्दमय जीवन की अनुभूति
प्राप्त हो।

शहर

यह कैसा शहर है
एक निरर्थक ज़िन्दगी
अनवरत दौड़ ही दौड़
कभी ठहरती नहीं
रूकती नहीं ज़िन्दगी
सहज अपनत्व से दूर-दूर
करते दिखावा भरपूर
भीतर कुछ बाहर कुछ
चारों ओर शोर ही शोर
यह कैसा शहर....
धूप के टुकड़े ख़रीद लिये हैं
ऊँची ऊँची दीवारों ने
कैसा भ्रमजाल बिछाया है
शहर के रंगीन बाज़ारों ने
भुला दिया है चाँदनी को
सिक्कों की आवाज़ों ने
भुला दिये हैं संस्कार सारे
घर के बन्द दरवाज़ों ने
यह कैसा शहर....
कैसे जी रहे हैं हम
आओ जीवन के सफ़र को
साकार हम बनायें
हृदय पटल पर
नित नये उत्साह से
रंग भरें हम....

शमा

शमा को तो हर
हाल में जलना है
उसकी रौशनी से
किसी की दुनिया
आबाद हो या
बर्बाद हो
उसके नसीब में तो
जलना ही लिखा है
दर्द सहते-सहते
पिघलना देखा है।
उसकी साँसे जो
थकती रहीं
दुआ माँगती रहीं
रातभर
रौशनी के लिये।
बहुत अल्प है जीवन इसका
पल-पल है जीवन इसका
ख़ामोश रहकर भी
दर्द को पीती रही
चुपचाप मिटती रही
टिमटिमाती रही
मोम के जिस्म में
अमर होती रही
अपनी मज़ार पर
ख़ुद ही जलती रही।

स्नेह-निवेदन

यह मेरा स्नेह-निवेदन है
तुम लोग याद रखना मुझको
गर हम हो जायें जुदा
तुम्हारे साथ मैंने
जीवन का लम्बा सफ़र
तय किया है।
मैंने बाँटे हैं
तुम लोगों के बीच
अपने सुख ..... अपने दुःख
अपने जीवन के बेहतरीन साल
तुम लोगों के साथ साथ
बिताये हैं
न चाहते हुए भी कई बार
विवश किया है तुम्हें
मेरी कवितायों ने
चलते-चलते
मेरी नीरस-बोझिल कविताओं को
तुमने पढ़ने का सामर्थ्य
जुटाया है
एक मीठा-सा ऋण है
आप सब का मुझ पर
यह मेरा आत्मनिवेदन है
आप सब याद रखना मुझको
गर हो जाये जुदा।

भूल

मुझे जवाब दो ईश्वर
जो मिला ज़िन्दगी में मुझे
मैं उसकी हक़दार तो न थी
शायद विधाता तुमसे कोई
भूल हुई है।
सबको महत्व देकर मैं
हर बार छोटी हो जाती थी
यह तो मेरी उदारता थी
सहज अपनत्व था
अन्यथा मैं इतनी करुणा
इतनी अवश तो न थी।
पर इस संसार में यह सब
कोई कहाँ समझ पाता है।
जिसको भी दीं दुआऐं हज़ारों बार
उसने रुलाया अपार
यह कैसा आदान-प्रदान है।
सृष्टि का कैसा व्यापार है
मेरे निश्छल मन को वो
दुखता रहा बार बार
जिसको भी दीं दुआऐं हज़ारों बार
क्षमा करना ईश्वर मुझे
मेरा भाग्य लिखते वक़्त
तुमसे अवश्य कोई भूल हुई है
मुझे जवाब दो ईश्वर....
क्यों यातना शिविर में खड़ी हूँ मैं....?

दीपशिखा

जब सुधियों के सिरहाने
भाव खो जाते
तब मैं दीपशिखा-सी
जल उठती हूँ
तब मेरे शब्द
कल्पना के रंग बिरंगें
पंख लेकर
आसमान को छूने लगते हैं
मैं, स्वयं को भुला देता हूँ
पर जब मैं .....
कविता के कक्ष में
प्रवेश करती हूँ
तो अज्ञात ख़ुशी में
मुझे आलिंगन में
बांध लेती है।
और मेरी आत्मा मुस्कुरा
उठती है।

प्रभुत्व

81

बहुत मादक है
प्रभुत्व का नशा
न पा सकोगे
तुम किनारा
न दे सकोगे
देश को सहारा
जब तक नज़र से तुमने नहीं।
स्वार्थ को घूँघट उघारा।
देश की हो रही
कैसी जर्जर दशा
बहुत मादक है
प्रभुत्व का नशा।
जब पी लेता मनुज यह सूरा
मानव होकर दानव बन जाता
कुर्सी के मोह में फँसकर
धर्म-अधर्म भूल जाता।
भूलकर भी तुम नहीं
करना इसकी अभिलाषा
बहुत मादक है
प्रभुत्व का नशा।

ग़ज़ल

किससे शिकवा करें, किससे शिकायत करें
लूटा भी तो उन्होंने मददगार बनकर

जो कल तक हमारी जान के दुश्मन थे
वो आज गले मिले तलबगार बनकर

सारा देश देखता ही रह गया
इन्दिराजी को मारा पहरेदार बनकर

कौन से धर्म को अपनायें किसको छोड़े
हैवानियत को पुकारा धर्म के ठेकेदार बनकर

कहाँ जाएँ कि मन की शान्ति लौट आये
कोई तो आये जीवन में हम-ज़ुबाँ बनकर

कली

मैं एक कली हूँ फूल बनने की चाह में पली हूँ
बहुत सही निर्मम धूप, अब यह जीवन खिलने दो
मेरे पथ में काँटे हैं
या कुछ भी बाधाएँ हैं
अँधेरा है या उजाला है
मन मेरा मतवाला है।

तुम मुझे मेरे स्वप्निल पथ पर बढ़ने दो
यह जीवन मेरा है अपने ढंग से जी लेने दो।
फूल बिछाये पथ में मैंने
पर मन शूलों से बिंधा किया
राह में धूल मिली थी
फिर भी नहीं गिला किया।

बहुत सुन चुकी जग की, अपनी कह लेने दो
मेरे दिल के दर्पण में, मेरी ही तस्वीर रहने दो
बहुत मेरी आशायें थी
बहुत मैंने निराशा सही है
अब जब चेतन पुकार रहा
मैंने जीवन में खिलना चाहा है।

बहुत सह ली निर्मम धूप अब यह जीवन खिलने दो
बहुत सही तड़प मैंने, अब मंज़िल पा लेने दो

प्रतिभा

स्वेद कणों को देह पर दमकने दो
प्यार के फूलों से हृदय को महकने दो
यामिनी की सुनगुन पर हँसते रहो
भाल पर सजीले मोती सजाते रहो
अन्दरूनी चमक राख होती नहीं कभी

सूक्ष्म से सूक्ष्म अणु की भावनायें पढ़ते रहो
संसृति के पल-पल को तुम आँकते रहो
पलाकें के किसलय में स्वप्र तुम सजाते रहो
हों कितनी ही विपदायें सदा मुस्कुराते रहो।
मोतियों के नैसर्गिक आँख होती नहीं कभी

होली

खोल दो द्वार अपने
मन के भी, घर के भी
यह रंगों का त्यौहार है
यह ख़ुशियों का त्यौहार है
आपस में बैरभाव भुलाकर
हिन्दू-सिख का भेद मिटाकर
नाचो-गायो सबको गले लगाकर
यह ख़ुशियों का त्यौहार है।
होली आई, होली आई
चारों दिशाओं में ख़ुशियाँ छाई
भूल जाओ कोई ग़रीब है
प्यार से सबके गले लग जाओ
यह ख़ुशियों का त्यौहार है।

व्यथायें

जब जब सुप्त व्यथायें जाग्रत हो व्रण तुम्हारे छू लें
तुम विश्वास रेख को गाढ़ी स्याही से लिख लेना
पथ की दूरी नापने वाले आगे बढ़ नहीं पाते
भाग्य नौका पर चलने वाले कूल पर जा नहीं पाते
राह थक जाये पर राही तुम न शिथिल होना
अन्धकार हार जाये पर, तुम न आलोक खोना
रास्ते में कभी न कभी झंझा भी आयेगा
अगर दम नहीं तुममें, तुम्हें पंक गिरायेगा
जिनमे हो उम्मीदें, जब वो ही लेने लगे चुभन
तुम विश्वास रेख को गाढ़ी स्याही से लिख लेना।
सब फूल देवताओं को भेंट चढ़ाये नहीं जाते
सब बीजों से अंकुर फूट नहीं पाते
बादल आते रहते हैं सब तो बरसते नहीं
सब याद ताजमहल बन अमर होती नहीं
जब हों मजबूर खोना पड़े सुविधाओं का संविधान
तुम विश्वास रेख को गाढ़ी स्याही से लिख लेना।

फ़रियाद

कब तक याद करूँ, कब तक फ़रियाद करूँ
ख़्वाब जो टूट गये, कैसे फिर आबाद करूँ
अब तो खोया हुआ सा हर मंज़र है
मन के सन्नाटों से बस गया खंडहर है
इतने बड़े जहाँ में किसको अपना कहें
हर अक्स बन जाता धुंधली तस्वीर है
वक़्त जीवन में प्यारी सी इबारत लिखना
भूल गया।
निर्दोष लम्हों की इबादत करना भूल गया
कैसे अपने सुनहरे वजूद को आबाद करूँ
कब तक याद करूँ, कब तक फरियाद करूँ।

विरासत

मेरे बच्चों,
लोग दौलत चाहते हैं विरासत में
लोग शोहरत चाहते हैं विरासत में
पर, मैं तो अप्रतिम आकांक्षाएँ
सौंप रही हूँ तुम्हारे हाथों में
क्यूँकि यह समय मामूली नहीं
एक ईमानदार दुनिया के लिये
तुम्हे बहुत संघर्ष करना होगा।
अभिमन्यु बनकर
हर चक्रव्यूह से लड़ना होगा।
मैं तुम्हारे चेहरे पर देखना चाहती हूँ
अपराजेय मुस्कान
जो हमेशा बरक़रार रहे मेरे बच्चों...
तुम कामयाब हो जाओगे एक निर्मम समय को
साफ़ सुथरा बनाने में बिना किसी आतंक के
मैं तुम्हें और अपने प्यारे वतन को
अनन्त आकाश की
ऊंचाइयों पर देखता चाहती हूँ
मेरे बच्चे इस देश के भविष्य हो तुम
मैं तुम्हारे भीतर जन्में-अजन्में हर स्वप्न को साकार होते हुये
देखना चाहती हूँ
तुम यह भूल न जाना कभी इस पावन धरा की
धरोहर हो तुम इस पावन धरा के
क़र्ज़दार हो तुम।

अकेले

ऐसा क्यों होता है
कि पल-पल
मन में कुछ
दहकता रहता है
ऊपर से हम शान्त
होने का दिखावा करते हैं।
पर भीतर-भीतर अतृप्ति की आग में
झुलसते रहते हैं।
ऐसा क्यों होता है
जिनके लिये सब कुछ
दाँव पर लगा देते हैं
वो ही स्वार्थ-सिद्धि के लिये
हमीं पे प्रहार करते हैं
हम सब कुछ खोकर
आहत मन लिये
अपनों से कटने लगते हैं
फिर
एक दिन अहसास होता है
हम कितने अकेले हैं।

बसन्त

भूल जा कल की रात गीली
फूल मुस्कुरा रहा डाली डाली
प्रकृति का यह नियम
पतझड़ आकर झर जाता है
और एक दिवस....
बसन्त आकर भर जाता है।
पी जा आँसू की प्याली
फूल मुस्कुरा रहा डाली-डाली।
आज नीरवता तन-मन की हर
प्राणों में उल्लास जगा गया है
प्राणों में हरचल मचाकर
सुधारस पीला गया है।
जड़ होतन गए रहे संगीत
आ जाओ मेरे मन-मीत
आज मधुमय बसन्त सबको
दे रहा है ख़ुशियों की सौग़ात
फूल मुस्कुरा रहा डाली-डाली
भूल जा कल की रात गीली।

ख़ामोशी
(शहीद की विधवा की ख़ामोशी)

यह कैसी हवाएँ चलीं
बहुत तेज़ थीं आँधियाँ
मेरी प्रार्थनाएँ निष्फल हो गईं
मेरी दुआएँ कुबूल हो न पाईं
टूट गया मेरा सुन्दर सपना
किसको समझे मन अपना
मुरझाये फूल मेरे अँगना
ख़ामोश हो चुकी है मेरी रूह....
लेकिन जीत का जश्न मनाने वालों....
मेरी रिसते हुये ज़ख़्म
नहीं बचा पाएँगे...
तुम्हारे मुट्ठी भर सपने
नहीं बचा पाएँगे
तुम्हारे सपनों का आकाश
मेरी आँखों से बहते हुये आँसुओं के
सैलाब में बह जायेगी.....
तुम्हारे पाँवों की ज़मीन।

तुम लौट आओ
(आतंकवादियों से)

एक दिन लौटकर आना होगा
अपने लहुलुहान पथ से
अपने भाईयों की लाश पर
कितनी दूर चल पाओगे
इतिहास के काने पन्नों पर
लिख जायेंगे नाम तुम्हारे
अभी वक़्त है....
लौट आओ सुपथ पर
धो डालो, पौंछ डालो
रक्तरंजित हाथ तुम्हारे
यह लाल-लाल
ख़ून समन्दर
तुम्हें भी, तुम्हारे देश को भी
डुबो देगा
इससे पहले कि
तुम्हारे जीवित जिस्म से
आत्मा निकलकर बाहर आ जाये
तुम्हारा जिस्म आत्मा का क़फ़न बन जाये
तुम लौट आओ .....
लौट आओ।

परिचय

जभ कोई
नवागन्तुक
घर में प्रवेश करता है
न झलकती है
उनकी आँखों में
परिचय की उत्सुकता
न छलकती है
मिलने की आत्मीयता
उनकी मूलयवान नज़रें तो
चारों ओर कुछ
ढूंढती सी लगती हैं
शायद वे....
हमारे जीवन- स्तर का
मूल्यांकन करना
परम आवश्यक
समझते हैं
परिचय से पूर्व...

संकल्प

डीप जल-जलकर अँधियारा मिटा देता है
इन्सान चाहे तो हर तूफ़ान में किनारा पा लेता है
तुम्हारे इरादे मज़बूत हैं तो
तूफ़ान को भी हारना होगा
पांव में फफोले हों लाख
मंज़िल तक पहुंचना होगा।
है नहीं कोई कृति ऐसी
जो श्रम से साध्य न हो
है नहीं असंभव यहाँ कुछ
गर तुम कर्मवीर, कर्मरत हो
अन्तर में जल रहे दीपक, से उजियारा पा लेता है
जब कोई साथ न दे ख़ुदा का सहारा पा लेता है
ख़लीफ़ा उमर ने चटाई बुनी थी
रैदास ने थे जूते सिले
तू क्यों संकुचित होता है
रे क्यों अकर्मण्य होता है
परिश्रम ही तो अमृत-पथ है
आलस्य ही तो मृत्यु-पथ है
न बैठ क़िस्मत के सहारे
तू स्वयं है तेरा भाग्य विधाता
जो अपनी मदद स्वयं करता है
ईश्वर भी उसकी मदद करता है
दीप जल-जलकर अँधियारा मिटा देता है
इन्सान चाहे तो हर तूफ़ान में किनारा पा लेता है।
सर्दी गर्मी सहकर भी श्रमिक बढ़ता जाता है
अपने श्रम से बे-जान धरती को उर्वर कर जाता है।

श्रद्धांजलि
(इन्दिरा जी को समर्पित)

तुम्हारे ज्योतिर्मय प्रभामण्डल की

इक किरण बना दो

मेरे उर पटल में जलती

दीपशिखा को उज्ज्वल कर दो।

स्वप्न की छलना छल

न सकेगी मेरा श्रेय

न रोक सकेगा कर्तव्य

पथ से, मुझको मेरे प्रिय

मैं इक लता हूँ दुनिया के

दाँवपेच से नहीं है वास्ता ...

पुलकित हूँ मैं सुनकर

शहीदों की दास्ताँ

मेरे नयनों में तुम चिर

राष्ट्र स्नेह का अंजन आज दो

तुम्हारे ज्योतिर्मय प्रभामण्डल की एक किरण बना दो

तूफ़ान के अश्रुओं का आचमन कर प्यास बुझा सकूँ

हर हार की व्यथा में

हिम्मत का अंश पा सकूँ

संसृति का कण-कण

मेरी आभा से अभिभूत हो

कजरारे पल बीत जाये

मेरे उच्छ्वासों में इतनी शक्ति हो

तुम्हारे प्रतिभा प्रहर की

मुझे ज्वलन्त किरण बना दो।

रिश्ता

तुमसे सहानुभूति व प्यार की
अपेक्षा की थी मैंने
एक रिश्ता ढूँढा था तुम में
दर्द से दर्द का
लहर से लहर का
जो साहिल तक जाने के
लिये किसी का सहारा
ढूँढती है
चाहे वह चट्टान हो या
आँसुओं के समन्दर में डूबे
स्वपन ही क्यों न हो।
बिना भावना के रिश्ते
टिक नहीं पाते.....
दर्द से दर्द का रिश्ता
अटूट होता है .....

हमारी मंज़िल

इन्सान को इन्सानियत
से जोड़ दो
प्रान्त को प्रान्त से
जोड़ दो
वक़्त को नया मोड़ दो।
सब का ख़ून एक है
फिर क्यों धर्म की दीवार है
आज सारी जर्जर
दीवारें तोड़ दो।
विनाश के कगार पर
खड़ा है देश हमारा
आतंक के साये में
सिसक रहा देश हमारा
दुश्मनों की उठती निगाहें
रोक दो।
हम सब एक हैं
राम-रहीम एक हैं
हमारी मंज़िल एक है
हमारा मक़सद एक है
आज स्वप्नों को
सुन्दर मोड़ दो।
प्यार से पर की
राह जोड़ दो।

छोटा सा सपना

आओ कोई रहनुमा बनकर
हमें समझाओ हमें बतलाओ
आज़ादी की बुनियाद क्या है?
दो वक़्त की रोटी मिल जाये
तन ढ़कने को कपड़ा मिल जाये
बस छोटा सा सपने लिये
जी रहा आदमी..
किसे दिखलाये आँखों में
क़ैद हैं रोशनी के नज़ारे
अभी है लहूलुहान स्वप्न हमारे
महलों में रहने वाले
नेताओं को इसका अवसाद क्या है।
ग़रीब और ग़रीब हुये हैं
अमीर और अमीर हुये हैं
सोया हुआ है ज़मीर उनका
जिनके हाथों में देश की जागीर है
आओ कोई रहनुमा बनकर
हमें समझाओ .... हमें बतलाओ
शहीदों की फ़रियाद क्या है

लम्हें

न कर मलाल मेरे मन
न कर छोटी छोटी बातों का ग़म
हक़ीक़त यही है ज़िन्दगी की
यहाँ सब स्वार्थ के हैं तन
न होना उदास तुम .... न होना निराश तुम ....
आज नहीं तो कल वक़्त होगा मेहरबाँ तुम पर
ख़ूबसूरत लम्हों से भर देगा तुम्हारा ख़ाली दामन

नूतन-वर्ष

यह नूतन वर्ष सबको मुबारक

दूर हो अँधेरा जीवन से छा जाये हर ओर उजियारा

सुख-समृद्धि हो जीवन में सबके

कोई न सोये भूखा कभी सबके पास हो एक रैनबसेरा

यह नूतन वर्ष लाये सबके जीवन में हर्ष

दूर हों निराशाओं के बादल

सबका जीवन हो उज्जवल-उज्जवल

सबके स्वप्न हों पूरे नये साल में

जो रह गए थे आधे-अधूरे......

यह नूतन वर्ष सबको मुबारक

सबके दिलों में छा जाये आलोक

यह नूतन वर्ष सबको मुबारक

सफ़र

मेरे शब्दों की ज़मीन
अभी है बहुत उर्बर
मेरी कविता यह ....
अन्तिम कविता नहीं है
मेरी काव्य-यात्रा
जारी रहेगी
जब तक है....
ज़िन्दगी का सफ़र
जीवन की विडम्बनाओं से मुखौटे लगाये चेहरों से
आहत होते क्षणों में
टूटकर बिखर नहीं जाऊँगी मैं....
धरा पर....
मेरी कविता होगी
तब सार्थक...
मेरी उबाऊ
दैनिक दिनचर्या को
नहीं होने देती बोझिल
और निरर्थक
मेरी कविताओं की महक...
जीवन के ऊबड़ खाबड़
रास्तों में...
मेरे अपनों ने बोये...
ज़ख़्म कई.... बिछाये कांटे कई
मुझे सब कुछ भुलाकर....
जारी रखना है
ज़िन्दगी का सफ़र।
सांसों का सफ़र

महा-नगर

मत दो दस्तक
किसी दरवाज़े पर
नहीं खुलेंगे लोहे के दरवाज़े
यहाँ लोगों के दिल
पत्थर के हैं।
गर सुन भी ली व्यथा तुम्हारी
कम न होगा दर्द तुम्हारा
यहाँ लोग वसूल ही लेंगे
क़ीमत सहानुभूति की।
मत भूलो
यह महा-नगर है
यहाँ किसी के पास
वक़्त नहीं है।
यहाँ कभी कभी
औपचारिकता निभा लेते हैं लोग
नहीं तो अनदेखा कर
चल पड़ते हैं अपनी राह पर
यहाँ रहना है तो सीखो
जीने की कला
मत करो अपेक्षायें किसी से
इस महानगर में
हर आदमी है अकेला
यहाँ काफ़ी दूरियाँ हैं

अपनी-अपनी मजबूरियाँ हैं
प्रत्यक्ष मिलन होता है कभी कभी
फ़ोन से काम चलाते हैं लोग
कभी कभी हैलो-हैलो
कुछ सुनाई नहीं आ रहा है
बहाने बनाते हैं लोग
यहाँ किसी के पास
वक़्त नहीं हैं।
कब सुबह होती है
कब शाम होती है
ज़िन्दगी चुपचाप सरकती जाती है......
तारीख़ें बदलती जाती हैं।
न करो मलाल किसी का
जीवन का सार यही है।

नेता

एक साधारण मैट्रिक पास था
हमारी गली का रामलाल
बहुत कोशिश की पर,
नहीं मिल पाई नौकरी उसको
तब, उसने एक नया गुर अपनाया....
और कर दिया कमाल
एक था रामलाल।
जनता को दिखा दिये कुछ सपने
ग़रीबी और बे-रोज़गारी
हटाने का दिया आश्वासन ....
शहर की हर गली नुक्कड़ पर
हर चौराहे पर जाकर दिया
धुँआधार भाषण ....
अपनी काल्पनिक पँचवर्षीय
योजनाओं से
बन गया वो नेता महान।

यौवन

यौवन तेरी अद्भुत माया
मैंने देखी थी उषा की
प्रथम कान्त मनोहर किरण
नस-नस में मधु लिये
शैशव की थी मुझे शरण
तभी तू वंचक बन आया
यौवन तेरी अद्भुत माया
जो कर्तव्य-पथ भूल
आया मस्ती में इधर
कट गया उसी का भाल
कुसुम की कोमल धार पर
सुपथ पर तूने निज को बिछाया
यौवन तेरी अद्भुत माया
जीवन-समर में खिले उपवन
कहीं पर दुःख का मेला
कहीं शीतल स्पर्श का
जादू लिये खड़ी मधुबाला
सुख-दुःख सी धूप छाया
यौवन तेरी अद्भुत माया

नववर्ष

मधु संगीत लुटाता आया नववर्ष है।
जीवन वीणा के बिखरे तारों को छेड़ो
कि दिशा-दिशा में मादक स्वर गूँज उठे
दिशा-दिशा में छाया हर्ष है।
मधु संगीत लुटाता आया नववर्ष है।
रूठी हुई ख़ुशियों की करो मनुहार
सुप्त भावनाओं की करो मनुहार
मुस्कुराओ नूतन-चेतना रस पीकर
उठो, तुम हिमालय सी दृढ़ता लेकर
अधरों पर छाया मधुर हास है
मधु संगीत लुटाता आया नववर्ष है
सिनग्ध वपु पर जो छाई सिनग्ध अलके हैं
नई उमंगें देकर उन्हें तुम सहला दो
कामनायें अधूरी जो भटक रही हैं
सुनाकर नव लय आशाओं की बहला दो
आज धरा का कण-कण मदहोश है
मधु संगीत लुटाता नववर्ष है।

अनन्त

द्वार अनन्त के खोल के रहूँगी
किरण से सीमन्त सजा के रहूँगी
लहर-लहर की थिरकन पर
बिंदियाँ मेरी जाग्रत हो उठेगी
रहस्य का प्रावरण हटा के रहूँगी।
साधना का आह्वान कर रहीं
मेरी मधुर दृढ़ आशायें
मंगलमय प्रभात के स्वप्न देख रही
मेरी विपुल तृष्णायें ....
दिशा-दिशा का मौन तोड़ के रहूँगी।

मौत

जीवन का साँसों का सफ़र
ख़त्म हुआ एक जीवन तमाम
गिले-शिकवे भुलाकर
चल दिया
इस जहाँ से अलविदा
कर गया।
इक ऐसी यात्रा पर
जहाँ से लौटकर कोई
नहीं आता
सब परिचितों की आँखें
नम कर गया
मौत के आग़ोश में
जाना ही होता है एक दिन
इन्सान के सपने
इन्सान के अपने
सब कुछ छूट जाता है पीछे
सन्नाटा रह जाता है पीछे
कुछ यादें रह जाती हैं पीछे
यही सच है
जीवन का...

पैसा

जब भी मन्दिर का
कहीं ज़िक्र होता है
मन की शान्ति का
गहरा अहसास होता है
जब माँ का
ज़िक्र होता है
मन में ममता का
अहसास होता है
लेकिन जब दौलत का
ज़िक्र होता है तब इन्सान
दौलत के नशे में
एक-एक करके
सारे अहसास भुला देता है।
दौलत के मद में
शोहरत के मद में
चला जाता है वो
किनारे से दूर बहुत दूर....

मेरे गीत

मैं लौ बन दीपक की जलती रही
सत्य के संधन में सर्वस्व मिटाती रही
स्वप्न प्रहरी बन बैठे पलकों के काजल पर
वे कान्तिहीन बन गये व्यथा से शिथिल होकर
तभी विरह की सीढ़ियों से अश्रु चढ़ आये विवश से
कजरारी कोरों से अंजन बह गया विकल व्यथा से
वेदनाओं से प्रकम्पित हुई पर झूला झूलती रही
ज़िन्दगी से रूखे अनादर से सिवाय कुछ न मिला
गूँजती हुई गुमनाम कहानी को अपना लिया।
नियति के खिलवाड़ को मैं खिलौना समझ खेलती रही
निश्छल स्नेह को हृदय की गहराइयों से बसाती रही
दो हृदय-तटों को अश्रु सरिताओं से जोड़ती रही
मैं तेरी नीरव-गाथा को इतिहास बनाती रही
अपने जीवन से जो पाया मैं समेटती रही
मैं लौ बन दीपक की जलती रही .....

युग बदल गया

जीने के रंग ढंग बदल गये हैं
पर इन्सान वही है।
परदे नये फ़र्नीचर भी बदल गये
पर छत वही है, मकान वही है
शब्द नये नये ढल गये कविता में
पर अर्थ वही हैं उपमान वही हैं
विज्ञान ने की है बहुत तरक़्क़ी
फिर भी अक्सर रमज़ान वही है।
रोशनी बहुत तेज़ है बल्बों की
पर मन में अँधेरे सघन वही है
हम भटक जाते हैं मंज़िल की तलाश में
पर अतीत का यशगान वही है
बदल गया, युग बदल गयी सत्ता
पर, ज़मीं वही, आसमाँ वही है।

जयगान

जो बढ़ते चले गये कर्तव्य पथ पर हँसते हँसते
भुलाये भूलती नहीं उनके शौर्य की अमिट बातें
उनके हर स्वर में जागरण की रागिनी बोल रही थी
हर उच्छ्वास में देश प्रेम की दीपशिखा कुछ माँग रही थी
हर क़दम बन गया, स्मृति, कृति उन्मि निशान
हर बिखरा स्वर बन गया देश का जयगान
कर्तव्य के आह्वान में जिस विश्राम को ठुकराया
भुजबन्धों में वैभव भरकर देश को दुलराया।
कर्तव्य निभाने को तरुणाई की साँसों को तोड़ दिया
अपने उर के स्नेहदिल तारों को झनझन तोड़ दिया
पथरीली या कंटीली राहें हो उन्हें कटा फ़िक्र
दो सूखे तिनके खाकर, प्यारा निकेतन त्यजकर
अपने वतन हेतु निज सुख क़ुर्बान किया।
उनकी क़ुर्बानी से खिल रहे देश में नन्दन पुष्प
विजय के पथिक को न रोक सके स्नेह पुष्प
नहीं भुला पायेंगे कभी हम शहादत उनकी
जो बढ़ते चले गये कर्तव्य पथ पर हँसते हँसते

कविता

कितनी ही व्यस्त रहूँ मैं
तुम्हारी याद अवकाश रहेगी
मैं निराशा के जाल से निकलकर
नित नूतन अभिलाषा बनाती।
भावना की भिखारन हूँ मैं
आकर हृदय दीप तुम जलाती।
कितनी ही व्यथित रहूँ मैं तुम
मेरे होंठों का हास बनकर रहोगी
जब हवा हवा नाराज़ थी
तुमने थपकियाँ देकर दुलराया
जब कभी मैं व्यथित थी
तुम्हीं ने अन्तर के छालों को सहलाया
घोर तिमिर में तुम...
दीपशिखा बनकर रहोगी।
जब बेसुध हूँ मैं
तुम कल्पना बनकर रहोगी।
तूफ़ान आकर सर पटके कितने
तुम मेरी पतवार बनकर रहोगी
क्षण-क्षण मेरे श्वासों को पाथेय बनकर रहोगी।
कितनी ही मायूस हूँ मैं तुम मेरी उम्मीद बनकर रहोगी।

जन्म कविता का

जब बुझ रही थी जिजीविषा
मैंने गुहारा कविता को
समाज की ज़ंजीरों से जकड़ी
मैं बेबस इक बाला थी
कौन सुनता मेरी विकल स्वर
मैं कोमल अबला थी
मेरा दिल भीतर ही भीतर सिसकता
पर फिर भी मैं मुस्कुराती थी
मेरे सपने कुचले जाते निर्ममता से
पर मैं साहसी बन खड़ी थी
जब अन्याय पर आवाज़ उठाई
दुनिया ने याद किया नारीत्व को
जब बेड़ियाँ तोड़ी झनझन
तो याद किया परम्पराओं को
कहाँ तक चुप रहता मेरा अन्तर
देखकर अनीति की घातें
कटा नारीत्व की परिभाषा यही
चुप रहें कड़वे घूँट पीते
पलकों में मचलते आँसू थक गये
तो मैंने ढूँढा कोई सहारा
अपने सब हँसते रहे पर कौन लाया चषक का कटोरा।
जब बुझ रही थी जिजीविषा मैंने गुहारा कविता को।

वक़्त

आज वक़्त बहुत ख़ामोश है
शायद
पीड़ा से मदहोश है
बहती हुई फूलों की गंध से पूछो
दौड़ती हुई तटिनी के कूलों से पूछो
कितनी नाज़ुक हैं वक़्त की अदाएँ
कितनी करुण हैं ग़रीबों की सदाएँ
वक़्त कम ही रियायत करता है
जो अन्तर के भगवान से
बग़ावत करता है
वक़्त की मार
कभी पल में
क़हर ढहाती है
कभी दो सुनयनों में
सहर भी लाती है।
मैं वक़्त को प्यार करती हूँ
मैं जानती हूँ
उदासी भरे दिन नहीं रहेंगे हमेशा
यह पतझड़ का मौसम
बदल जायेगा।

मानवता

पुनीत उर से
कर लो मानवता की अर्चना
एक दिन चमक उठोगे
सूर्य की तरह
महक उठोगे
फूलों की तरह
जिसमें व्यक्तित्व की भव्यता है
शालीनता है...
निज अधिकारों की
निस्पृहता है....
उसकी यश सुरभि होगी
नेहरू की तरह
गाँधी की तरह
हर विपत्ति में मुस्कुराओ
गुलाब की तरह।

कर्मवीर

न कर नयन सजीले
हर जीत के क्षणों में
ज़िन्दगी का अनुपम राग है
न हों निराश देख तम
दूर मुस्कुरा रहा विहाग है
बढ़ आगे चुन ले फूल अलबेले
न कर नयन सजीले
जीवन मात्र जीने को नहीं
ये तो ज़िन्दगी सब बिताते हैं
पर महत्त है वो जो रोध
शिखर पर मुस्कुराते हैं।
बढ़ साधना के दुकूल ओढ़ ले
न कर नयन सजीले
विषाद की रेखायें आयें क्यों
ज़िन्दगी की रेखायें धूमिल क्यों
हस्तरेखाओं को आरोपित करते क्यों
कर्मवीर बनकर, महावीर बनकर जी ले
न कर नयन सजीले।

कल्पना

कितना सुखद अहसास है यह
घने कोहरे और धुंध के बीच चुपचाप गुज़रते हुए
इन सड़कों पर अचानक
अपनी चिर-परिचित
पदचाप को पा लेना ....
अतीत की रेखाओं को
नया अर्थ समझाते हुए
यादों की परछाइयों से ...
शीत ऋतू की धुंध छांटते हुए
सूरज की गरमाहट को
धीरे धीरे पा लेना
जो खो गये थे...
विस्मृतियों के गर्भ में
वो पल
लौट आयेंगे.... फिर ....फिर ..
महका जायेंगे
जीवन सारे ध्वस्त स्वप्नों में.... उम्मीद बाक़ी है
खंडहर हो चुकी इमारत में
फिर से जीवन की आहट जाएगी है
सुन रहा हूँ पदचाप
नवः प्रभात की।
सुप्रभात की....

सीते

एक धोबी के उपहास मात्र से
तुम वंचित कर दी गई समस्त सुखों से
समस्त अधिकारों से क्या तुम्हारा अपना कोई
अस्तित्व नहीं था। जिस राम के ख़ातिर
तुम ख़ुशी-ख़ुशी
चली गईं बनवास
राजसी सुख त्याग कर
उसी राम ने कर दिया
परित्याग तुम्हारा
इक पल में....
जब तुम्हारी गोद हरी-भरी थी
क्या तुम्हारा अपना
कोई वजूद नहीं था।
सीते ......।
आज भी नारियों से क़ुर्बानी माँगी जाती है
तुम्हारी उपमायें देकर
कब तक ....??
रामराज्य के लिये
तुम
अग्निपरीक्षा देती रहोगी
कब तक ?